# GENEVIÈVE

# DE BRABANT

## Madame de Staël

**DRAME EN TROIS ACTES ET EN PROSE,**

**COMPOSÉ EN 1808.**

### • PERSONNAGES

- 
  SIGEFROI, comte de Brabant.
- ADOLPHE, son fils aîné.
- UN ERMITE.
- GENEVIÈVE.
- Sa fille, âgée de dix ans.
- Des Chasseurs.

Copyright pour le texte et la couverture © 2023 Culturea
Edition : Culturea (culurea.fr), 34 Hérault
Contact : infos@culturea.fr
Impression : BOD, Norderstedt (Allemagne)
ISBN :9791041832255
Date de publication : juillet 2023
Mise en page et maquettage : https://reedsy.com/
Cet ouvrage a été composé avec la police Bauer Bodoni
Tous droits réservés pour tous pays.

# GENEVIÈVE

# DE BRABANT,

## DRAME EN TROIS ACTES.

---

## **ACTE PREMIER.**

*Le théâtre représente une grotte sauvage.*

## **Scène I.**

*GENEVIÈVE ET SON ENFANT.*

*Geneviève est à genoux au pied d'une croix.*

**L'ENFANT.**

J'ai fini de prier, et ma mène reste toujours à genoux ! Pourquoi donc sa prière est-elle aujourd'hui plus longue que de coutume? d'où vient l'inquiétude que je remarque sur son front ? cependant, je n'ai rien fait de mal.


**GENEVIÈVE.**

Cher enfant ! ce jour est bien solennel pour nous ! Je voulois m'y préparer.


**L'ENFANT.**

Comment donc ce jour seroit-il différent de tous nos jours ? Le soleil doit-il nous éclairer plus tard qu'à l'ordinaire ? me raconteras-tu quelque belle histoire merveilleuse dont je rêverai toute la nuit, ou la biche qui m'a nourrie, quand tes forces étoient épuisées, se seroit-elle éloignée de nous ? Ah ! que j'en serois triste !


**GENEVIÈVE.**

Non, mon enfant. Tiens, regarde ; ne la vois-tu pas ta biche ? elle est à l'entrée de notre grotte ; mais il faut la quitter, cette grotte. Nous partons.

**L'ENFANT.**

Que veux-tu dire, nous partons ? allons-nous plus loin que la forêt qui est là-bas, et que tu ne m'as jamais permis de parcourir ? Ah ! quelle joie !

**GENEVIÈVE.**

Pauvre enfant ! comme tu prononces le mot de joie ! Ah ! tu ne sais pas combien de fois ces présages de l'espérance ont été trompés ! Nous quittons pour jamais cette demeure, la seule que tu connoisses depuis ta naissance.

**L'ENFANT.**

Pour jamais ! que veux-tu dire, ma mère ? combien de temps cela fait-il, jamais ? **GENEVIÈVE.**

Toute la vie.

**L'ENFANT.**

O mon Dieu ! notre grotte, nos fleurs, je ne les verrai plus ! Et les arbres que nous avons plantés, comment pourrons-nous vivre, si nous n'avons plus leurs fruits !

**GENEVIÈVE.**

Mon enfant, partout les productions de la terre nous nourriront. La nature, image de la Divinité, est partout amie de l'homme.


**L'ENFANT.**

Pourquoi donc, ma mère, s'il est ainsi, somme-nous toujours restés dans le même lieu ? Je croyois qu'on ne pouvait vivre qu'ici.


**GENEVIÈVE.**

J'avois promis de n'en pas sortir avant dix ans accomplis ; aujourd'hui le terme expire.


**L'ENFANT.**

Ne m'as-tu pas dit qu'aujonrd'hui aussi j'avois dix ans ?


**GENEVIÈVE.**

Oui , mon enfant, l'enfant de la douleur, toi qui es né avec elle ; mon exil a commencé quand tu reçus le jour.


**L'ENFANT.**

Je t'ai donc porté malheur, ma mère ? Ah ! prends garde de m'emmener avec toi. Ne t'ai-je pas entendu dire une fois, quand tu me croyais endormie et que j'écoutois ta prière, que ton époux, que mon père ne vouloit pas de moi ? Seroit-il possible qu'un enfant fût coupable sans le savoir ? Si cela étoit ainsi, il faudrait l'abaudonner, il faudroit......

**GENEVIÈVE.**

Ah! finis, ma fille, tu me déchires le cœur. Depuis dix ans je n'ai vécu que pour toi ; j'ai bravé toutes les souffrances pour te conserver le jour, et tu me parles de t'abandonner ! Cher enfant, toi qui m'a consolée sans connoître mes peines ; toi dont le regard me disoit mille fois plus que les plus éloquentes paroles, comment pourrois-je me séparer de toi ! Nous allons ensemble, après dix ans, chercher sur la terre nos amis et nos ennemis. Hélas! qui peut savoir quel choix la mort aura fait parmi eux ?

**L'ENFANT.**

Je n'ai jamais vu que toi, ma mère ; mais dans les histoires que tu m'as racontées, tu me parlais souvent de la perfidie et de la méchanceté des hommes. Dis-moi donc, avois-tu éprouvé dans le monde rien de semblable ?**GENEVIÈVE.**

Ma fille.... *(à part.)* (Ah ! je bénis le ciel de n'avoir jamais accusé son père en sa présence). Si quelqu'un m'a fait souffrir, cher enfant, c'étoit un être que j'aimois.

**L'ENFANT.**

Tu l'aimois, et il a pu t'affliger, ma mère ! à quoi donc distinguerai-je, dans le monde, les bons des méchans ? Si l'on peut aimer un méchant, comment le fuir ? Est-ce qu'un être cruel a jamais eu des yeux aussi doux que les tiens ? Si cela était ainsi, comment pourrois-je m'en défier ?

**GENEVIÈVE.**

Ma fille, je t'ai fait voit quelquefois ton visage dans le ruisseau qui coule au pied de cette grotte. Eh bien ! il ressemble beaucoup à celui de ton père.

**L'ENFANT.**

Et revois-tu dans mes traits avec plaisir ceux de mon père ? Parle-moi donc de lui : tu le nommes sans cesse, et tout à coup tu t'arrêtes, comme si quelque grand mystère t'empêchoit de me parler. Ma mère......

**GENEVIÈVE.**

Ma fille, c'en est assez ; préparons-nous à partir. **L'ENFANT.**

Ah ! si je pouvois tout emporter avec moi ! D'abord nous emmènerons notre biche fidèle, n'est-il pas vrai, ma mère ? je ne saurois la quitter.

**GENEVIÈVE.**

J'y consens. Mais pourra-t-elle aller aussi loin que nous ?

**L'ENFANT.**

Ah ! ma biche va plus vite que moi. Avant la fin du jour elle arriveroit au bout du monde.

**GENEVIÈVE.**

Ma fille, il est bien grand pour qui n'a plus d'asile.

**L'ENFANT.**

Mais n'est-ce pas à la forêt que je vois d'ici, que nous allons ? n'est-ce pas derrière cette forêt qu'est le monde ?

**GENEVIÈVE.**

Dis-moi, mon enfant, quitteras-tu sans peine cette grotte qui nous a servi d'abri si longtemps ?

**L'ENFANT.**

Oh oui, je la regretterai. J'y ai été si heureuse !

**GENEVIÈVE.**

Quelle douce parole tu viens de me prononcer ! heureuse dans ce désert ! Ainsi donc ma vie n'a pas été inutile. J'ai souffert, mais j'ai préservé mon enfant de la douleur et de l'abandon. O saint amour de mère, qui soutenez dans les revers, qui consoler dans l'injustice, qui créez au fond du cœur, je ne sais quel sanctuaire où l'on ne sent, où l'on n'aime que son enfant et son Dieu, prêtez-moi votre appui ; il m'est plus nécessaire que jamais. Va, ma fille, va donner à ta biche les soins accoutumés, et reviens ensuite auprès de moi. J'ai besoin de me recueillir quelques instans avant notre départ.

# Scène II.

**GENEVIÈVE**, *seule.*

HELAS ! sans cet enfant je resterois ici toute ma vie. Quel effroi j'éprouve en retournant au milieu des hommes ! Ah ! comme l'amour et la haine se sont armés contre moi ! Barbare Golo, devois-tu déshonorer mon nom, parce que je ne partageois pas tes indignes sentimens, parce que j'étois fidèle à cet injuste époux que tu as su tromper avec tant de perfidie ? Et toi, Sigefroi, toi que j'ai tant aimé, le ciel t'a-t-il conservé la vie ? Ces souvenirs si tendres, qui me retracent le jour de notre heureux hymen, s'adressent-ils à ton ombre irritée ? ou, si je te revois encore, ta fureur sera-t-elle apaisée ? me pardonneras-tu de vivre, toi qui avois commandé ma mort ? recevras-tu ma fille que tu as osé ne pas croire la tienne ? O mon Dieu ! cette honte, vous m'avez commandé de la supporter. Cette croix ne nous apprend-elle pas à mettre toute notre fierté dans l'innocence ! Divin Sauveur des hommes, vous n'avez pas craint la souffrance et l'ignominie ; vous en avez fait votre glorieuse auréole. De quoi donc se plaindroit la créature ? Ils ne sont pas délaissés, les infortunés : un attendrissement secret, intime et pur, les met en relation avec la Divinité, et les larmes qui couvrent leur visage semblent, comme la rosée du ciel, ranimer leur cœur flétri. Et toi, mon fils, toi que je n'ai pas revu depuis que tu n'avois encore que quatre années, ton père t'aura-t-il appris à mépriser celle qui t'a donné le jour ? Non, il ne l'aura pas fait, j'en suis sûre ; il t'aura dit seulement que j'ai cessé de vivre ; c'est tout ce que je souhaite. J'aspire au paisible souvenir que les morts laissent après eux. O pompes de la vie, comme vous avez disparu ! qui reconnaîtroit en moi cette souveraine du Brabant, cette brillante Geneviève ! O mon Dieu ! celle qui se prosterne à vos pieds vaut mieux, elle est plus humble, elle est plus soumise. Depuis dix ans elle n'existe que par vous : ainsi sont tous les êtres, mais tous ne le sentent pas. Il en est qui croient vivre par eux-mêmes, qui pensent gouverner le sort ; mais moi, je sais que chacun de mes jours est marqué par un bienfait de Dieu, et qu'une protection particulière et constante dirige miraculeusement ma vie abandonnée.

# Scène III.

## *GENEVIÈVE ET SON ENFANT.*

**L'ENFANT**, *avec des fleurs à la main.*

Eh bien ! ma mère, la biche est prête. Nous pouvons partir ; mais je voudrois emporter toutes les fleurs qui sont devant notre grotte.

**GENEVIÈVE.**

Ma fille, elles seraient flétries ce soir.

**L'ENFANT.**

Mais quand nous serons parties, qui donc respirera leur parfum ?

**GENEVIÈVE.**

Le ciel qui les a fait éclore. **L'ENFANT.**

Et cette pierre sur laquelle tu reposois ta tête, ma mère, je voudrois aussi l'emporter.

**GENEVIÈVE.**

Mon enfant, nous en trouverons, des pierres. Celle de la tombe ne manque à personne.


**L'ENFANT.**

Ma mère, d'où vient que tu es si tremblante ? ce départ t'agite. S'il alloit te rendre malade ! Restons.


**GENEVIÈVE.**

Mon enfant, si je mourois ici, qui donc auroit soin de toi ?


**L'ENFANT.**

Ah ! que dis-tu ? Je me coucherois à tes pieds, et Dieu ne voudroit pas nous séparer.


**GENEVIÈVE.**

Cher enfant ! beaucoup d'années t'attendent, et moi, je sens que je ne vivrai pas long-temps.


**L'ENFANT.**

Ah ! ma mère, comme tu pleures ! Je t'ai vue si courageuse et si calme dans cette retraite ! pourquoi sortir d'ici ?

**GENEVIÈVE.**

Il le faut. Adieu, solitude où j'ai passé dix années en paix. Il me semble que ces arbres, que ces rochers renferment des génies protecteurs, témoins et confidens de mes larmes. Mais vous, ô mon Dieu ! vous qui remplissez l'univers, je pourrai vous prier partout sur la terre et sous le ciel ; vous soutiendrez mes pas chancelans jusqu'à ce que cet enfant ait un autre appui que moi dans le monde. Alors vous me rappellerez dans votre sein, car j'ai trop souffert pour recommencer à vivre, et mon temps d'épreuve est fini. Ma fille, pour la dernière fois, sanctifie ce lieu par ta prière.

*Geneviève et son enfant se prosternent au pied de la croix.*

Dieu des opprimés, Dieu des foibles, Dieu des enfans, regarde en pitié celui-ci. Jamais un sentiment dur ou trompeur n'est approché de son âme ; elle est encore, cette âme, ô mon Dieu ! telle que vous la lui avez donnée. Elle va pour la première fois lutter avec le destin, protégez-la ; protégez la mère à cause de l'enfant. Allons, ma fille, Dieu nous a bénies. Partons.

## *FIN DU PREMIER ACTE.*

# ACTE SECOND.

*Le scène représente une forêt.*

## Scène I.

*GENEVIÈVE ET SON ENFANT.*

**GENEVIÈVE.**

Mon enfant, arrêtons-nous ici. Je me sens prête à m'évanouir de fatigue. Va me cueillir quelques fruits à cet arbre que nous venons de voir.

**L'ENFANT.**

Oui, ma mère. J'y ai attaché ma biche ; elle se repose sous son ombrage. Je serai de retour dans un moment.

**GENEVIÈVE.**

Je me croyois plus de forces. Ah ! n'en aurai-je pas du moins tant que ma fille sera seule sur la terre !

Mais que vois-je ? un tombeau ! Est-ce un présage ? tous les objets qui s'offrent à nous ne sont-ils pas un langage mystérieux que les âmes pieuses peuvent seules entendre ! Appuyons-nous sur ce tombeau. Je crois à la pitié des morts Mais qu'y à-t-il d'écrit sur cette pierre ? *« Celui que cette tombe renferme, ici même n'a pu trouver le repos. »* Ah, l'infortuné ! c'étoit sans doute un grand criminel. Le remords seul poursuit encore dans le cercueil.


**L'ENFANT**, *revenant.*

Ah ! ma mère, je viens de voir un homme, un vieillard, je crois, car son visage ne ressemble point au tien ni au mien. Il porte une longue barbe ; mais il a l'air si bon ! Il t'apporte lui-même des fruits et de l'eau. Regarde, regarde. ll vient.

# Scène II.

## *L'ERMITE, GENEVIÈVE, L'ENFANT.*

**L'ERMITE.**

Ma fille, prenez ce foible selours ; il rétablira vos forces. Vous viendrez après dans mon ermitage, et vous vous y reposerez quelque temps.

**GENEVIÈVE.**

Saint homme ! je vous remercie. Vous ne savez pas combien votre présence me touche. Ah ! je craignois de mourir sans des secours plus nécessaires encore que ceux que vous m'offrez. N'êtes-vous pas un ministre du Dieu vivant ? et si le pauvre, si l'infortuné vient à vous, n'êtes-vous pas l'interprète de cette religion consolante qui seule nous offre les promesses infaillibles, celles que la mort nous tiendra ?

**L'ERMITE.**

Oui, ma fille, j'ai fait vœu de consacrer mes jours à l'éternité. Je ne me sentois pas assez de vertus pour résister aux séductions du monde. Je suis venu dans cette solitude, non pour fuir mes semblables, mais pour me recueillir en moi-même. Aurois-je entendu la voix de Dieu, au milieu du tumulte des villes ! Cette voix n'est pas dans le bruit, n'est pas dans la tempête ; elle parle si doucement au cœur, qu'aisément les passions peuvent couvrir ses paisibles accens.


### GENEVIÈVE.

Vous avez choisi le genre de vie que le sort m'a imposé. Vos sacrifices sont plus touchans que mes malheurs. Mais, dites-moi, saint homme, connoissez-vous l'infortuné qui a fait graver sur cette tombe de si terribles paroles ?


### L'ERMITE.

Oui, je l'ai connu, le malheureux, et je n'ai pu rendre le calme à ses derniers momens. Sans doute il étoit bien coupable; il avoit causé la mort d'une mère innocente et de son enfant. Mais quelque criminel que soit l'homme, Dieu n'a-t-il pas voulu que la toute-puissance du repentir pût ranimer encore une étincelle céleste dans le cœur le plus pervers ?


### GENEVIÈVE.

Ah! mon père, vous ne pouvez pas me dire le nom de ce coupable ? il vous aura prié de ne pas le révéler.

**L'ERMITE.**

Il m'a demandé de le dire à tous ceux que le hasard me feroit rencontrer. Il espérait ainsi rétablir du moins la réputation de celle qu'il avoit calomniée.

**GENEVIÈVE.**

Il se nommait ?

**L'ERMITE.**

Golo.

**GENEVIÈVE.**

Ah, ciel ! ô bon vieillard ! défendez-moi de ce monstre.... Qu'ai-je dit ? quoi, je haïrois celui qui n'est plus ! O mon Dieu ! pardonnez-lui comme je lui pardonne. Acccordez-lui le repos qu'il implore ! Que cette tombe qui m'a servi d'appui, quand j'ignorois qu'elle renfermoit les restes de mon fatal ennemi ; que cette tombe, loin de m'inspirer des sentimens de haine, reçoive encore des pleurs d'indulgence et de pitié !

**L'ERMITE.**

Quoi, madame, c'est vous ! quoi, vous avez pu vous dérober à la mort ! Comment se peut-il ?

**GENEVIÈVE.**

Ma fille s'est endormie au pied de cet arbre. Je puis vous parler, sans craindre qu'elle entende des secrets que je ne dois pas encore lui révéler. Écoutez-moi, saint homme, vous qui savez sans doute une partie de mon histoire, vous verrez si Golo vous a dit la vérité.

**L'ERMITE.**

Je le crois, madame, car il m'a pénétré de respect pour vos vertus.

**GENEVIÈVE.**

Vouq m'appeliez ma fille ; pourquoi donc, mon père, avez-vous changé de langage ?

**L'ERMITE.**

La comtesse de Brabant est ma souveraine : bien que j'habite depuis longtemps cette forêt solitaire qui ne reconnoît aucun maître, je me considère encore comme votre sujet.

**GENEVIÈVE.**

Geneviève n'est rien qu'une pauvre femme errante avec sa fille, sans secours et sans appui ; et celui qui doit la protéger, s'il vit encore, ordonneroit peut-être une seconde fois sa mort. Mon père, si l'histoire de ma vie vous paroît sans reproche, c'est alors seulement que vous pourrez me respecter.

Je suis l'épouse de ce vaillant Sigefroi dont les exploits vous sont connus. Je l'aimois avec tendresse, avec passion. Son caractère avoit quelque chose de sombre et de sévère qui sembloit donner un nouveau prix à l'amour qu'il me témoignoit. Je le révérois comme mon souverain, je le chérissois comme mon époux ; et quand l'admiration se mêle à l'amour, peut-être ce sentiment devient-il trop fort pour mé riter la protection du ciel. Dieu ne renonce point au cœur de sa créature : il daigne en être jaloux. Un fils vint resserrer les nœuds qui m'unissoient à Sigefroi ; j'ai joui quatre ans de cet affections de la nature, si belles dans tous les âges, si délicieuses dans la jeunesse. Quand le jour finissoit, je le regrettois comme un ami qui s'éloignoit de moi. Hélas ! j'avois raison : ces jours heureux devoient m'être accordés en bien petit nombre.


**L'ERMITE.**

Fille de Dieu, que parlez-vous de jours ? Le temps ne nous a été donné que pour apprendre à souffrir, que pour choisir la route du ciel, pendant que nous sommes encore sur la terre. Tous les événemens de la vie ne sont qu'une vaine apparence qui peut épurer ou pervertir notre cœur.

**GENEVIÈVE.**

Hélas ! j'y tenois trop à cette vie passagère, quand il m'aimoit, quand j'étois heureuse et fière de fixer sur moi les regards de Sigefroi. Il partit pour aller combattre les Sarrasins, sous les drapeaux de Charles Martel ; mes larmes ne purent le retenir. Il me confia pendant son absence au chef de sa maison, à ce Golo qu'il croyait son ami. Le malheureux ressentit pour moi un amour criminel. Je le repoussai avec horreur, et pour se venger, il inventa la calomnie la plus atroce ; il partit à mon insu pour rejoindre mon époux, et l'art perfide qu'il employa, remplissant l'âme de Sigefroi de fureur et de jalousie, il en obtint l'ordre cruel de me faire périr avec l'enfant que je portois dans mon sein.**L'ERMITE.**

Ah, Dieu ! un époux, un père !....


**GENEVIÈVE.**

Vous frémissez, mais vous ne savez pas, mais j'ignore aussi moi-même de quels moyens Golo se servit pour tromper mon époux. Cet homme si fier et si sensible, que ne dut-il pas éprouver quand il me crut coupable ? Ah ! jusque dans sa colère, je reconnois son amour.


**L'ERMITE.**

Ma fille , puisque vous me permettez ce nom, vous jugez encore selon le monde ; mais devant Dieu, il est bien criminel, celui qui se venge : l'offense même qu'il auroit reçue ne l'excuseroit pas.

**GENEVIÈVE.**

Ah ! ma vie étoit à lui, il a pu s'en croire le maître. Eufin, grâce au ciel, mon sang ni celui de mon enfant ne retomberont point sur la tête de mon époux. Dieu, qui lui a épargné ce crime, vouloit sans doute un jour lui pardonner. Un homme de confiance de Golo se chargea de ma mort, il me conduisit dans cette forêt, et, prêt à me poignarder, mes larmes l'attendrirent ; je pleurois pour mon enfant qui venoit de naitre ; il eut pitié de nous ; mais en me laissant la vie, il me fit jurer que pendant dix années je me cacherois à tous les regards.

**L'ERMITE.**

Et c'est pour accomplir ce vœu que vous avez vécu dix ans dans le désert ?

**GENEVIÈVE.**

Qu'y a-t-il de plus saint que la promesse ! elle soumet l'avenir au présent, et les désirs à la conscience. Sans mon enfant, je n'aurois pas demandé la vie : elle ne vaut pas, cette vie, les souffrances que l'on m'imposoit. Mais je pouvois conserver les jours de ma fille ; mon existence étoit son bien, étoit son droit, tant qu'elle pouvait lui servir. Une biche s'attacha constamment à nous et nous prodigua ses soins muets et fidèles ; tout dans notre solitude sembloit nous favoriser, et sans qu'aucun miracle s'accomplît pour nous, on eût dit que les événemens naturels se réunissoient et se succédoient pour nous protéger d'une façon toute merveilleuse. Ces dix années, qui devoient, par leur monotonie, ne laisser dans mon souvenir qu'une longue et pénible trace, sont remplies par une foule de pensées, de pressentimens, de prières, j'oserois dire d'inspirations saintes qui toutes ont élevé jusque vers le ciel mon foible cœur. Mon imagination a peuplé ma solitude, et le désert pour moi, ce sera le monde. Mais quand les dix années de mon vœu étoient accomplies, je devois chercher un protecteur pour ma fille. Voyez, mon père, voyez quelle providence spéciale a conduit mes premiers pas : je vous trouve, et ce tombeau m'apprend que mou ennemi n'existe plus.


**L'ERMITE.**

Il n'étoit plus votre ennemi, madame, l'infortuné dont j'ai recueilli les derniers soupirs. Il traînoit partout, depuis plusieurs années, les remords qui le dévoroient ; il croyait que depuis long-temps vous n'existiez plus, et que son crime étoit irréparable. Cependant il avoit résolu de partir pour la guerre sainte, afin de vous justifier auprès de votre époux ; mais il ne lui a pas été permis d'expier ses forfaits. La mort lui en a ravi les moyens. Ah ! s'il avoit pu se douter qu'il étoit si près de vous!


**GENEVIÈVE.**

Et vous a-t-il dit, mon père, quel étoit le sort de Sigefroi ?

**L'ERMITE.**

Il n'étoit point encore revenu de la guerre où son courage l'avoit conduit.**GENEVIÈVE.**

Et mon fils ?


**L'ERMITE.**

Il a suivi son père.


**GENEVIÈVE.**

Ah ! si je retrouve mon époux, comment pourrai-je le convaincre de mon innocence ?


**L'ERMITE.**

En voici le moyen assuré. Golo m'a remis une confession tout entière écrite de sa main. Pour remplir ses désirs, je la porte toujours avec moi. Il m'a fait promettre, en expirant, de la remettre moi-même à Sigefroi dès qu'il seroit revenu de la guerre. Votre histoire et la sienne, ses artifices et votre innocence, tout est expliqué, tout est prouvé par cet avœu.


*(Il remet un papier à Geneviève.)*

**GENEVIÈVE.**

Ciel ! ah ! comme mon époux est justifié ! Quel tissu de mensonges, quelle habileté perfide ! mon écriture imitée, des témoins subordonés ; tout, tout devoit m'accuser.


**L'ERMITE.**

Ame douce et généreuse, est-ce ainsi que vous pardonnez ? **GENEVIÈVE.**

Mon père, dites plutôt que c'est ainsi que j'aime. Ah, mon Dieu ! faites que je retrouve Sigefroi ; qu'il serre sa fille dans ses bras, et que la mort vienne ensuite m'affranchir des amours terrestres. Le plus pur de tous trouble encore le cœur où Dieu seul doit régner.


*(On entend des cors de chasse dans l'éloignement.)*


Mais qu'est-ce que j'entends ? d'où viennent ces sons enchanteurs ?


**L'ENFANT.**

Ah ! ma mère, quel bruit harmonieux me réveille ! comme le cœur me bat ! cela ne ressemble pas au chant des oiseaux. Dis-moi,ces sons annoncent-ils l'approche des pays où nous allons ? Ah, qu'ils doivent être beaux !

**L'ERMITE.**

C'est sans doute la musique d'une chasse qui se fait entendre. Jamais, avant ce jour, les chasseurs n'étoient arrivés jusqu'ici.


**GENEVIÈVE.**

Mon père, souffrez que votre ermitage me serve d'asile. Je crains de m'offrir aux regard des hommes ; mon humble vêtement attireroit leur dédaign *[lettres illisibles]* é. **L'ENFANT.**

Ma mère, permets que je demeure encore ici quelques instans.


**GENEVIÈVE.**

Daignez rester un moment avec elle. Quand son innocente curiosité sera satisfaite, quand elle aura vu passer la chasse, vous viendrez me rejoindre tous les deux. Je vais vous attendre dans votre cellule : je l'aperçois d'ici, j'y puis aller sans vous.


**L'ENFANT.**

D'où vient que ma biche a l'air si craintif ? elle voudroit se cacher derrière l'arbre. D'où naît sa frayeur ?.... Mais que vois-je ?

# Scène III.

*ADOLPHE, L'ENFANT, DES CHASSEURS, L'ERMITE.*

**ADOLPHE**, *un arc à la main.*

CETTE flèche va la percer. Vous allez la voir tomber morte à l'instant.

**L'ENFANT**, *se jetant à genoux.*

Ah, ciel ! qu'allez-vous faire ? Tuer ma biche, ma pauvre biche que je connois depuis si long-temps? tuez-moi plutôt. Qui que vous soyez, vous avez l'air tout jeune ; on diroit que vous êtes à peu près de mon âge. Comment se fait-il que vous n'ayez point de pitié ?

**ADOLPHE.**

Petite, levez-vous. Puisque vous aimez cette biche, je veux bien l'épargner. Mais que dira mon père, quand il saura que je suis venu toujours en chassant jusqu'ici, que j'ai parcouru plus de vingt lieues sans rien tuer ?

**L'ENFANT.**

Sans rien tuer ! Est-ce pour cela que vous êtes si bien vêtu, qu'on entend de si beaux sons autour de vous ? Et moi donc, si je ne vous avois pas prié, m'auriez-vous traitée comme ma biche ?

**ADOLPHE.**

Y pensez-vous, chère petite ! comment vous comparez-vous à cet animal ?

**L'ENFANT.**

Comme vous appelez ma biche ! savez-vous qu'elle m'a nourrie dans le désert où j'ai passé toute ma vie ?

**ADOLPHE.**

Ah ! que vous avez dû vous ennuyer ! Moi, j'ai passé les Pyrénées ; j'ai été en Espagne, j'ai fait la guerre. **L'ENFANT.**

La guerre ! n'est-ce pas tuer les hommes, comme vous vouliez tuer ma biche?

**ADOLPHE.**

Oui. Mais les hommes peuvent se défendre.

**L'ENFANT.**

Ma biche ne le pouvoit pas.

**ADOLPHE.**

Chère petite, il faut que je vous quitte. Je vais retrouver mon père, car je suis sûr qu'il est inquiet de mon absence. Il est triste, il a besoin de moi.

**L'ENFANT.**

D'où naît sa tristesse ? Vit-il aussi dans le désert ?

**ADOLPHE.**

Non. Il est entouré d'une cour nombreuse, mais il y vit plus solitaire que vous ne l'êtes dans vos bois. Moi seul, quelquefois, je le fais sourire ; mais quelquefois aussi il me repousse loin de lui. O mon Dieu ! qu'il est malheureux !

**L'ENFANT.**

Amenez-le près de ma mère. Toujours, quand je pleurois, elle savoit me consoler. Peu-être sa douce voix feroit-elle du bien à votre père. Au reste, les pères, ils ne sont pas bons comme les mères ; ils abandonnent quelquefois leurs enfans.

**ADOLPHE.**

Mon père est bon, mais il souffre ; je ne sais pourquoi.

**L'ENFANT.**

Je voudrais tant le soulager ! Cela se peut-il ? – Conduisez-moi
vers lui.

**ADOLPHE.**

Je n'oserois pas. La vue d'un enfant lui est odieuse.

**L'ENFANT.**

Il hait les enfans ! ma mère m'a toujours dit que Dieu les aimoit.

**ADOLPHE.**

Priez pour mon père, chère petite, car il est bien à plaindre.

**L'ENFANT.**

Oh ! je le veux bien. Et comment vous appelez-vous ?

**ADOLPHE.**

Adolphe.

**L'ENFANT.**

Je demanderai donc à Dieu qu'il console le père d'Adolphe. **ADOLPHE.**

Oui sans doute. Et vous, quel est votre nom ?

**L'ENFANT.**

L'Enfant de la douleur[1]. Ma mère m'a dit que je garderois ce nom, jusqu'à ce que j'en aie reçu un autre de mon père.

**ADOLPHE.**

L'Enfant de la douleur ! c'est bien triste. Je veux vous appeler autrement.

**L'ERMITE.**

Ma fille, votre mère vous attend.

**L'ENFANT.**

J'y vais. Mais, dites-moi, vous reverrai-je ?

**ADOLPHE.**

Il est tard. La nuit va venir. J'ai laissé mon père à quelques lieues. Je tâcherai de l'engager à venir jusqu'ici demain matin, pour chasser encore. S'il consent à vous regarder, il vous trouvera bien jolie. Adieu. Je reviendrai bientôt.


**L'ENFANT.**

Adieu, adieu.


*FIN DU SECOND ACTE.*


# ACTE TROISIÈME.

---

## Scène I.


*GENEVIÈVE, L'ERMITE.*


**L'ERMITE.**

D'ou vient, Madame, que vous ne pouvez goûter un instant de repos, et qu'avaut le jour vous quittez la paisible retraite que vous aviez daigné choisir pour abri ?

**GENEVIÈVE.**

Mon père, vous avez entendu ce que ma fille m'a raconté hier au soir de son entretien avec le jeune chasseur qui menaçait de tuer sa biche. Eh bien ! ce chasseur, c'est mon fils. Celui qui va venir, c'est Sigefroi, c'est mon époux. Un pressentiment infaillible m'en répond.


**L'ERMITE.**

Comment ?....


**GENEVIÈVE.**

Pendant le récit de ma fille un trouble nouveau s'est emparé de moi. J'ai senti cette émotion profonde qui jamais ne parle en vain aux âmes religieuses. J'ai voulu rester seule, et pendant la nuit je me suis prosternée devant Dieu pour obtenir que mon sort me fût révélé. Aussitôt un songe mystérieux m'a fait revoir mon époux. Il étoit irrité. Mes larmes ne le touchoient point: il repoussoit sa fille loin de lui. Je voulois vous appeler, mon père, pour que vous pussiez donner à mon époux le témoignage du malheureux Golo ; mais un instinct secret me dit que le cœur seul de Sigefroi devoit le ramener à moi, et qu'il devoit en croire mes sermens, avant d'être convaincu par aucune preuve. Alors, de nouveau j'essayai de l'attendrir. Je l'implorois pour ma fille et pour moi : mes efforts étoient vains, quand tout à coup l'ange de la mort m'est apparu et m'a dit : « Femme infortunée, veux-tu mourir ? à ce prix ton époux te croira. » D'abord, la terreur m'a saisie ; mais j'en ai bientôt triomphé, et je me suis soumise à donner ma vie pour convaincre mon époux de mon innocence. A peine cet acte de résignation s'étoit-il accompli dans mon cœur, que j'ai vu ma fille dans les bras de Sigefroi : il se jetoit à mes pieds avec elle. Alors ma vision a cessé. Ne m'annonçoit-elle pas, mon père, que je dois mourir à l'instant où le bonheur me sera rendu ? **L'ERMITE.**

Ne vous aveuglez-vous point, Madame ? n'est-ce pas le trouble de votre imagination que vous prenez pour un présage ?


**GENEVIÈVE.**

Non, non. Pendant dix années j'ai éprouvé cette ferveur religieuse qui nous unit plus intimement avec les secrets de la nature. La volonté suprême de la Divinité se fait sentir à moi par des rapports inconnus aux âmes que remplissent les intérêts de la terre. Mon père, prêtez-moi, pour qufelques instants, le voile dont vous couvrez les saintes images qui sont au fond de votre cellule : je veux parler à mon époux sans qu'il puisse me reconnoître........ Dieu ! qu'est-ce que j'aperçois ? un enfant qui s'approche. Oui, je le vois ; oui, je le sens, c'est mon fils ! et je ne puis voler vers lui. Il faut me cacher à ses yeux ; il le faut. *(Elle se retire dans l'ermitage.)*

# Scène II.

## *ADOLPHE ET SIGEFROI.*

**ADOLPHE.**

Mon père, venez par ici : c'est dans ce même lieu que j'ai vu cet enfant si joli que je voulais vous montrer. **SIGEFROI.**

Je ne sais pourquoi, mon fils, j'ai cédé à tes désirs. Je fuis les hommes, et la présence des enfans m'inspire un trouble douloureux dont je ne puis triompher. Comment se fait-il qu'aujourd'hui je n'aie pu résister à tes désirs ? il n'y avoit rien dans tes prières qui dût m'entraîner ainsi. Mais mon âme s'attendrissoit d'elle-même, et ta voix disposait de ma volonté.

**ADOLPHE.**

Mon père, je voudrois bien exercer quelquefois ce pouvoir sur vous ; j'essaierois de vous arracher à votre tristesse. Ah ! si ma mère vivoit encore, nous ne serions pas si malheureux !

**SIGEFROI.**

Ta mère! d'où vient que tu la nommes ? je t'avois défendu de m'en parler.

**ADOLPHE.**

Pardon, mon père, si je renouvelle ainsi votre peine ; mais la petite fille que j'ai rencontrée m'a peint si vivement le bonheur d'avoir une mère, que je n'ai pu m'empêcher de pleurer la mienne avec vous.

**SIGEFROI.**

Avec moi ! qui t'a dit que je la regrette ? **ADOLPHE.**

Vos chagrins n'ont commencé qu'à sa mort.

**SIGEFROI.**

Nul ne sait ce qui se passe au fond du cœur. La destinée a tant de moyens de tourmenter l'homme ! qui peut deviner quel est celui qu'elle a tourné contre moi ?

**ADOLPHE.**

Il est pourtant si aisé d'être content ! Courir, chasser, jouir de ce beau temps, parcourir ces forêts, sentir qu'on vit seulement, est un plaisir.

**SIGEFROI.**

Adolphe, Adolphe, tant qu'on peut exister seul, la nature donne mille plasirs ; mais quand ce malheureux cœur ressent le besoin d'aimer, qu'il est offensé, qu'il est trahi, qu'importent ce soleil, cet air pur, ces amusemens simples et vifs que l'on ne peut plus goûter ! Un poids affreux pèse sur mon âme. Respirer est un effort, m'éveiller un supplice, et sur tous ces objets qui t'enchantent, je crois voir planer les ténèbres.


**ADOLPHE.**

Que dites-vous, mon père ?


**SIGEFROI.**

A qui vais-je parler de ma douleur ? à cet enfant qui, sans moi, n'en connoîtroit pas même le nom. Va, laisse-moi ! va chercher les compagnons de tes jeux. Laisse-moi !


# Scène III.


**SIGEFROI**, *seul.*

Malheureuse Geneviève, voilà le fruit de ton crime ! Dix ans n'ont pu me rendre le calme ; dix ans n'ont fait que donner à mes chagrins un caractère plus fort et plus sombre. Je hais le sort qui m'a choisi pour subir de tels affronts ; je ne puis rien trouver de tendre au fond de mon âme. L'outrage dessèche le cœur. Si j'avois pu douter, si j'avois eu des remords ! oui des remords, je les envie, ils me seroient moins amers que les fureurs qui m'agitent. Si j'avois pu me repentir, dans ce moment du moins je l'aurois crue innoncente ; je l'aurois crue fidèle ! mais cette image qui me poursuit ne cesse d'irriter ma colère, et, cent fois le jour, je donne de nouveau la mort à cet objet coupable, dont le cœur a trahi tant d'amour.

Quelle est cette femme qui s'avance, le visage couvert d'un voile ? Sa marche est tremblante. Je devrois aller vers elle. Mais pourquoi témoigner de la pitié à une femme ? En a-t-elle eu pour moi, celle qui pénétra mon cœur de confiance, pour rendre plus acérés les traits de la perfidie ?

## Scène IV.

### *GENEVIÈVE, SIGEFROI.*

**SIGEFROI.**

Madame.....

**GENEVIÈVE.**

Seigneur......

**SIGEFROI.**

Vous chancelez. Asséyez-vous, de grâce. Seriez-vous la mère de cet enfant que mon fils a rencontré ?

**GENEVIÈVE.**

Oui, seigneur.

**SIGEFROI.**

Et comment vous et votre fille, êtes-vous dans ce désert ?

**GENEVIÈVE.**

Ma fille y est née, et je ne l'ai pas quittée.

**SIGEFROI.**

Son père ne vivait donc plus ?

**GENEVIÈVE.**

Seigneur, il vit ; mais il nous avoit bannies. **SIGEFROI.**

L'aviez-vous offensé ?

**GENEVIÈVE.**

Non, seigneur.

**SIGEFROI.**

Il étoit donc injuste ?

**GENEVIÈVE.**

Seigneur, il étoit trompé.

**SIGEFROI.**

Trompé ! c'est impossible. Un père, un époux ne condamne que quand il est certain du crime.

**GENEVIÈVE.**

Il n'y a rien de certain pour l'homme, que sa conscience et son Dieu.

**SIGEFROI.**

Quand un époux est trahi, quand l'amour et la foi sont méprisés, ce n'est point assez de bannir. Non, ce n'est point assez : il faut que la mort......

**GENEVIÈVE.**

Seigneur, mon époux aussi avoit ordonné que je périsse.


**SIGEFROI.**

Et comment sa volonté ne fut-elle pas obéie ? Quel lâche, quel perfide, abusant de sa confiance.....


**GENEVIÈVE.**

Il vous paraît donc bien coupable, seigneur, celui qui m'a sauvé la vie ?


**SIGEFROI.**

Qu'ai-je dit ? Pardon, Madame ; ce n'est pas à vous que ce discours s'adresse. Ma destinée, mon malheur me trouble. Vos chagrins aussi donnent à votre voix des rapports douloureux avec un objet dont le souvenir m'est horrible.


**GENEVIÈVE.**

Ce triste objet, seigneur, ne vous fut-il jamais cher ?


**SIGEFROI.**

Sans doute ; une fois.

**GENEVIÈVE.**

Ah ! s'il me falloit haïr ce que j'ai tendrement aimé, il me sembleroit que mon cœur est déjà sous l'empire de la mort.


**SIGEFROI.**

Mais cet époux, qui vous a condamnée, ne vous est-il pas odieux ?


**GENEVIÈVE.**

Non, seigneur ; je le chéris encore. Son injustice ne peut effacer de mon cœur ce que j'aimois, ce que j'admirois en lui.


**SIGEFROI.**

Quoi ! votre longue solitude ; quoi ! vos malheurs n'ont point aigri votre âme ?


**GENEVIÈVE.**

Je n'avois point de reproche à me faire, Dieu me protégeoit. Pourquoi donc aurois-je connu les sentinmens amers que la haine seule fait naître ?

**SIGEFROI.**

Voulez-vous m'accuser par ces paroles ? prétendez-vous que je sois coupable ? ne savez-vous pas ?.... D'où vient que votre voix ; que votre présence, bouleversent mon âme ? Toutes les femmes ont-elles quelques traits de celle qui m'a trahi ? Otez votre voile, pour que votre visage dissipe mon trouble. Savez-vous que l'ombre de Geneviève m'est apparue souvent, revêtue du crêpe funèbre qui vous couvre ! hâtez-vous de rejeter cette perfide ressemblance ; ôtez votre voile, ou je croirai la voir encore, et ma fureur......


**GENEVIÈVE**, *ôtant son voile.*

Seigneur, satisfaites-la.


**SIGEFROI.**

Geneviève ! Geneviève ! ô terre ! engloutis-nous. – Qui vous a sauvée ? est-ce l'infâme que vous m'avez préféré ? est-il auprès de vous ? je n'ai pu l'atteindre. On dit qu'il respire encore : peut-être est-il caché dans ces forêts ?


**GENEVIÈVE.**

Seigneur, la solitude de ces lieux est profonde. – Revenez à vous, et n'y cherchez que moi. Je ne veux point éviter votre vengeance ; je suis là pour recevoir la mort, ou pour me justifier.

**SIGEFROI.**

Qu'osez-vous opposer à des preuves sans nombre ?....


**GENEVIÈVE.**

J'en pourrois donner de plus fortes. Mais si mon époux ne revient à moi que comme un juge, je ne veux pas survivre à ce jour que, pendant dix années, je n'ai cessé de demander au ciel.


**SIGEFROI.**

Dix années, Geneviève !


**GENEVIÈVE.**

Oui, tu vois sur mon visage les traces profondes de la douleur. Rappelles-toi Geneviève quand tu l'aimois. Comme elle étoit heureuse ! comme ton amour l'entouroit de toutes les prospérités de la terre ! Eh bien ! elle étoit alors moins digne de ta tendresse que sous ces tristes vêtemens, emblème de sa misère. Sigefroi, l'on t'a dit que je ne t'aimois plus, que j'avois profané tout à la fois et l'amour et l'hyménée, et mon cœur et la Divinité. Sigefroi, tu l'as pu croire ! Souviens-toi du jour de ton départ, de ce désespoir, de ce déchirement que j'éprouvai, quand tu te séparas de moi. Ah ! l'absence ne fait souffrir ainsi. qu'une âme fidèle et profonde. Souviens-toi de mon admiration pour tes exploits. Qui jamais aima comme moi tes vertus et tes charmes ? dans quels yeux as-tu jamais vu tant de tendresse, tant de respect ? Dis-moi, mon âme ne répondoit-elle pas tout entière à la tienne ? Te restoit-il un doute, te restoit-il un nuage quand je tendois la main vers toi ? et mes regards n'exprimoient-ils pas la vérité du ciel, la vérité de l'amour ?


**SIGEFROI.**

Oui, tu m'as aimé ; je le sais.


**GENEVIÈVE.**

Sigefroi, je t'aime. Tu as voulu ma mort, celle de mon enfant ! Seule dans l'univers avec lui ; j'ai disputé sa vie aux animaux, à la terre qui refusoit quelquefois de nous nourrir. J'ai été mère avec courage, avec dévouement.**SIGEFROI.**

Que dis-tu, malheureuse ! oses-tu parler de ta fille ?....


**GENEVIÈVE.**

N'achève pas ! n'outrage pas son innocence ! Bientôt tu ne douteras plus ni d'elle ni de moi. Mais si ton cœur se refuse encore à l'accent de l'amour, écoute un langage plus solennel. Notre vie tout entière, depuis dix ans, n'est qu'une suite de prodiges. Nous devions périr mille fois, sans la protection du ciel. L'auroit-il accordée

à des coupables ? Ce calme qu'il a mis dans mon sein au milieu de tous les malheurs, l'as-tu goûté, Sigefroi, dans ton éclatante vie ? Après dix ans de solitude, penses-tu que le cœur puisse rester capable de mensonge ? Ah ! qui vécut dix ans en présence de son Dieu n'a plus à faire avec les ruses des hommes. Il me reste peu de temps à vivre, et toi-même, Sigefroi, tu ne pourrois me rendre le bonheur sur la terre : j'en ai perdu l'habitude, et mes forces n'y résisteroient pas. Écoute donc ma voix comme celle des mourans ; je me sens sur les confins de cette vie et de l'autre. Aimer, ô mon époux ! appartient à toutes deux. Que mon accent, que mes paroles dessillent enfin tes yeux, sans qu'il soit besoin d'aucun autre témoignage. Écoute....

# Scène V.

*GENEVIÈVE, SIGEFROI , ADOLPHE, L'ENFANT.*

**ADOLPHE.**

Mon père, voilà cette petite fille que je voulois vous faire voir.

**SIGEFROI.**

Dieu !

**GENEVIÈVE.**

Sigefroi, m'est-il permis d'embrasser Adolphe..... et ma fille peut-elle.....

**SIGEFROI.**

Non, non ; la vue de cet enfant a ranimé la fureur que votre voix trompeuse avoit suspendue. Mon fils, suivez-moi. Partons.


**GENEVIÈVE.**

Partir sans que mon fils m'ait reconnue, sans que ma fille..... Non, Sigefroi ; non.


**SIGEFROI.**

Laissez-moi.


**GENEVIÈVE,** *se jetant à genoux.*

Eh bien, ange de la mort, qui m'êtes apparu cette nuit, je vous somme de vos promesses ! Il ne veut croire ni l'amour, ni mes sermens ; mais si j'expire à ses pieds, il ne doutera plus de mon cœur. Grand Dieu ! recevez-moi dans votre sein.


*(Elle s'évanouit.)*


**L'ENFANT.**

O ciel ! ma mère, qu'avez-vous ?

**ADOLPHE.**

Mon père, approchons-nous de cette femme ; elle se meurt.


**SIGEFROI.**

Geneviève, quelle pâleur je vois sur ton front ! Que se passoit-il donc de féroce dans mon cœur, et d'où vient que des sentimens si doux me pénètrent soudain ?


# Scène VI.


*LES MEMES, L'ERMITE.*


**L'ERMITE.**

Seigneur, lisez cet·écrit que je vous aurais remis plus tôt, si, par un sentiment trop délicat, la duchesse de Brabant n'eût pas voulu tenir de votre amour seul ce que la justice exigeoit de vous.


**SIGEFROI.**

O Dieu ! qu'ai-je lu ! quelle lumière me frappe ! Où est-il ce monstre qui m'a trompé, cet infâme Golo ?

**L'ERMITE.**

Seigneur, sa tombe est sous vos yeux.


**SIGEFROI.**

Il ne vit plus. Qui donc reste-t-il à punir ? qui ? moi, moi seul ! Geneviève est innocente, et j'ai voulu sa mort ! et pendant dix années elle m'a fui comme son assassin ! Je n'ose embrasser ses genoux. Mon fils, prosternez-vous aux pieds de votre mère.


**ADOLPHE.**

Juste ciel ! ma mère !


**SIGEFROI,** *à la fille de Geneviève.*

Viens dans mes bras, mon enfant.


**GENEVIÈVE,** *ouvrant les yeux.*

Que vois-je? la prédiction est accomplie : ma fille est dans ses bras, Adolphe embrasse sa mère ! Je puis mourir.

**SIGEFROI.**

O mon père ! secourez-la. Ce n'est pas pour elle que la vie est nécessaire. Ah ! cet ange ne sera bien que dans les cieux. Mais moi, quel asile me resteroit-il sur la terre et au-delà de ce monde, si la mort me l'arrachoit, la mortque j'ai voulu lui donner ! O Dieu ! laissez-moi le temps d'être pardonné. *(A l'ermite.)* Mon père....


**L'ERMITE.**

Seigneur, votre épouse croyoit elle-même que cet instant seroit le dernier de sa vie. Elle-même l'a souhaité.


**SIGEFROI.**

Quoi ! Geneviève, tu veux me quitter ? Ah ! je le sens, tu ne peux me souffrir. Mais vis, et laisse-moi mourir ; bannis-moi loin de toi, que j'aille occuper la grotte solitaire où ma barbarie t'a reléguée ! que j'y sois sans un enfant ! que j'y sois avec des remords ! Ah ! je ne serai point encore assez puni.....


**ADOLPHE.**

Mon père, je vais chercher du secours : je vais appeler les chasseurs qui nous suivoient dans la forêt.

**SIGEFROI.**

Va, mon fils, appelle-les. Qu'ils viennent, qu'ils accourent..... *(Adolphe sort.)*

**L'ERMITE.**

Seigneur, ne croyez pas que les secours humains aient le pouvoir de nous rendre Geneviève. Dieu seul l'a protégée quand vous l'abandonniez ; vos remords obtiendront-ils qu'elle vive ? Avez-vous dans votre âme une douleur, un repentir qui puisse, dans un instant, expier dix années ? le ciel peut-être alors vous exaucera.

**SIGEFROI.**

Ah, mon père ! que dites-nous ? y a-t-il des larmes, y a-t-il du sang qui rachetât mon crime ? Parlez.

**L'ERMITE.**

Priez Dieu, priez Geneviève ; son âme sainte et pure approche, en ce instant, de la céleste demeure ! Peut-être s'arrêtera-t-elle à notre voix ; peut-être demandera-t-elle de passer encore quelques jours avec vous sur la terre.

**L'ENFANT.**

Non, ma mère n'est qu'endormie ; je suis sûre qu'elle va me répondre : ah ! son enfant ne l'a jamais appelée en vain. Ma mère ! ma mère !


**GENEVIÈVE.**

Cher enfant !


**L'ENFANT.**

Vous le voyez, elle me parle.


**SIGEFROI.**

Ciel ! sa main glacée ne serre plus la mienne. En bénissant sa fille auroit-elle prononcé sa dernière parole ? Geneviève ! Geneviève ! n'entends-tu point mes cris ? ne sens-tu que l'amour de mère ? ton malheureux époux n'est-il donc rien pour toi ? L'éternel repentir, l'abîme du désespoir est ouvert sous mes pas : c'est l'enfer que la mort, c'est l'enfer que la vie. Où donc est-il le poignard qui soulageroit mon cœur ? donnez-le moi, donnez-le moi.


**ADOLPHE,** *revenant.*

Ils arrivent nos amis, mon père ; ils viennent à notre aide.

**L'ERMITE.**

Mes enfans, voilà votre père accablé par des regrets, par des tourmens qui ne lui laissent plus aucun empire sur lui-même ; votre mère est expirante. Dans un instant vous pouvez être orphelins. Demandez à Dieu qu'il vous épargne la plus horrible douleur que l'homme puisse éprouver sur cette terre. Ah ! quand nous perdons ici-bas ceux qui nous ont donné la vie, l'image de la Divinité semble se voiler à nos yeux, et la solitude de la mort commence.

Prosternez-vous avec, pauvres enfans *(l'ermite et les deux enfants se mettent à genoux)* ; tournez vos regards vers le ciel ! de là viendra l'espérance. Grand Dieu ! ces enfans avec moi vous demandent la vie de leur mère ! prête-leur quelque temps encore celle qui les a tant aimés ; quelque temps encore, et vous la rappelerez à vous. Mais après dix années de souffrances, des instans de bonheur feront du bien à ces âmes troublées, et votre bonté leur rendra la force de vivre et de vous servir.

**ADOLPHE.**

Ah, mon père ! parlez encore ; ce que vous dites est si vrai !

**L'ENFANT.**

Mon père, priez aussi pour moi, car je ne veux pas vivre sans ma mère.

**L'ERMITE.**

Mes enfans, entendez-vous ?....


*(On entend de la musique dans l'éloignement.)*


**ADOLPHE.**

Ne sont-ce pas nos amis qui viennent à nous ?


**L'ERMITE.**

Mes enfans, le ciel nous a répondu. Regardez !


**GENEVIÈVE**, *revenant à elle.*

Sigefroi, mes enfans, quel pouvoir me rend à la vie ?


**L'ENFANT.**

Ma mère, Dieu nous a exaucés. ` **GENEVIÈVE.**

Cher époux !

**SIGEFROI.**

Geneviève ! tu vis ; je te retrouve. Un criminel tel que moi osera-t-il te contempler ? pourra-t-il exister encore à tes pieds ? d'où vient que je ne puis me livrer à la joie ? d'où vient que mon âme repousse encore le bonheur ?


**GENEVIÈVE.**

Un pressentiment t'avertit que ce bonheur ne peut durer. Allons rendre grâces à l'Éternel des jours que je puis encore passer auprès de ce que j'aime. Il m'en reste peu, je le sens ; mais ces jours seront si doux, qu'ils vaudront une longue vie.


# FIN DE GENEVIÈVE DE BRABANT.


1. ↑ *Dolorosus* est le nom de l'enfant de Geneviève, dans la légende.